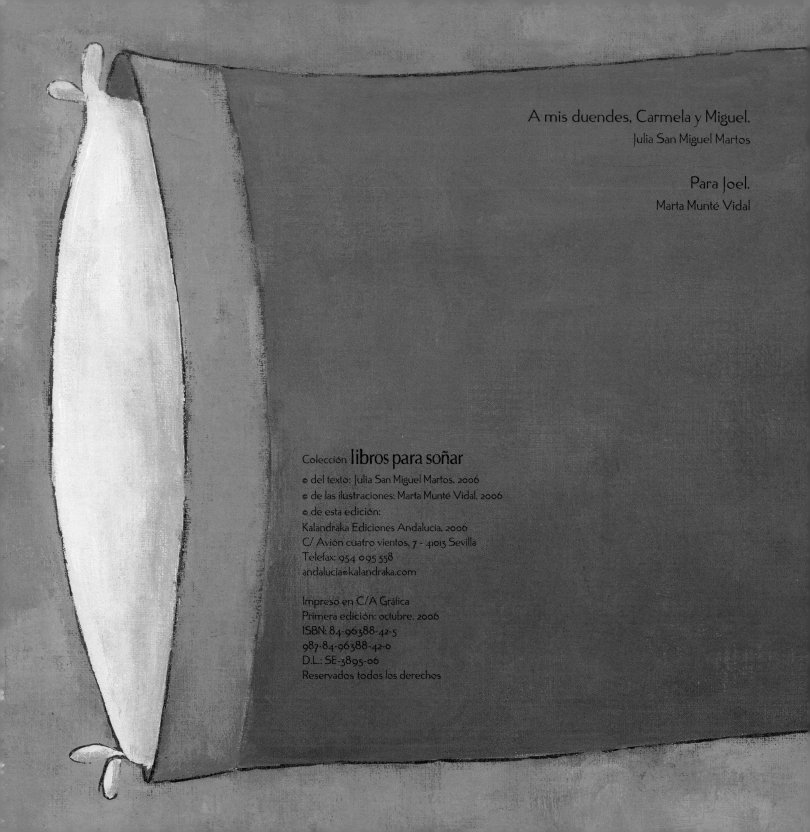

A mis duendes, Carmela y Miguel.

Julia San Miguel Martos

Para Joel.

Marta Munté Vidal

Colección libros para soñar

© del texto: Julia San Miguel Martos, 2006
© de las ilustraciones: Marta Munté Vidal, 2006
© de esta edición:
Kalandraka Ediciones Andalucía, 2006
C/ Avión cuatro vientos, 7 - 41013 Sevilla
Telefax: 954 095 558
andalucia@kalandraka.com

Impreso en C/A Gráfica
Primera edición: octubre, 2006
ISBN: 84-96388-42-5
987-84-96388-42-0
D.L.: SE-3895-06

Julia San Miguel Martos

Marta Munté Vidal

OSO
Y SU DIENTE DE LECHE

kalandraka

A Oso se le mueve un diente.
Es el primer diente de leche que se le va a caer.

Oso está tan impaciente
que se lo enseña a sus amigos.

«Cuando se me caiga», dice,
«el duende del bosque
me dejará una sorpresa
debajo de la almohada».

Oso empuja el diente con la lengua;
el diente se mueve mucho, pero no se cae.

«Prueba a morder esta raíz», le dice su amigo el topo.

Oso muerde la raíz..., y busca con la lengua.

Pero...

el diente de leche sigue sin caerse.

«Prueba a morder esta nuez», le dice su amiga la ardilla.

Oso muerde la nuez..., y busca con la lengua.

Pero...

el diente de leche sigue en la boca.

«Prueba a morder esta manzana», le dice su amigo el ciervo.

Oso muerde la manzana...,
y con la lengua nota un extraño hueco en la boca.

«¡El diente no está! ¡Se me ha caído!», exclama Oso con alegría.

Pero antes de que sus amigos lo celebren,
Oso repite muy compungido:

«¡Mi diente no está, ha desaparecido!
Y sin diente, no hay sorpresa».

«¡Hay que buscarlo!», exclama el topo,
y saca de su madriguera una lupa.
A través de ella,
las lombrices parecen serpientes,
y las mariposas cometas de colores
que bailan por el aire.

Pero del diente de leche, ni rastro.

La ardilla coge la lupa.
A través de ella,
las avispas son dragones,
y los pájaros aviones
que sobrevuelan el cielo.

Pero del diente de leche, ni rastro.

El ciervo coge la lupa.

A través de ella, las hormigas parecen camiones

cargados con nueces, raíces, manzanas y dientes.

«¿Dientes?»,

se pregunta extrañado el ciervo, y exclama triunfante:

«¡Eh, Oso, aquí está tu diente!

¡Estaba clavado en la manzana!».

Oso coge su diente y lo coloca debajo de la almohada
con una nota que dice:

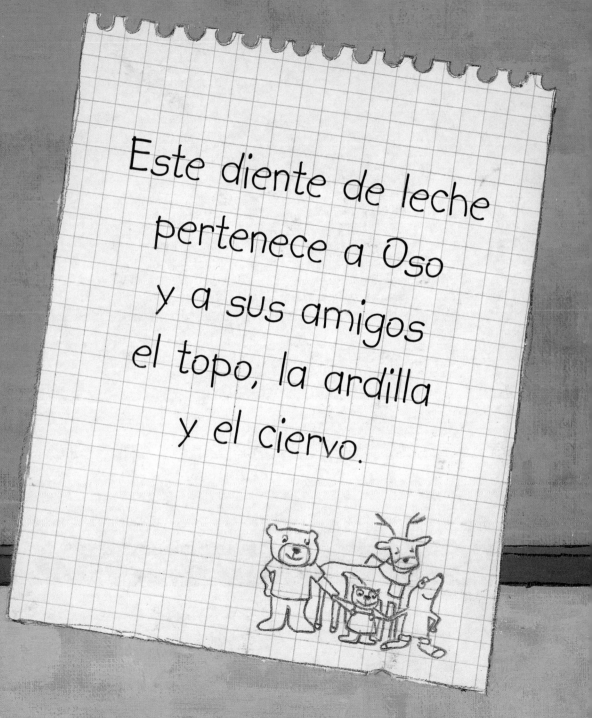

Este diente de leche
pertenece a Oso
y a sus amigos
el topo, la ardilla
y el ciervo.

Aquella noche, junto a la almohada
el duende del bosque les ha dejado una cesta.
En ella hay un poco de tierra,
un rayo de luz, ramas de pino,
agua y pétalos de flores.

«¿Qué es esto?», dicen todos.

A través de la lupa,
el topo ve caminos llenos de musgo y un río.

A través de la lupa,
la ardilla ve árboles cargados de castañas y piñones.

A través de la lupa,
el ciervo ve flores,
muchas flores.

A través de la lupa,
Oso ve el sol, la luna y muchas, muchas estrellas.

«¡El bosque! ¡Nos ha regalado el bosque!»,
exclaman ante tan increíble y maravillosa sorpresa.

Y todos juntos se pusieron a jugar.

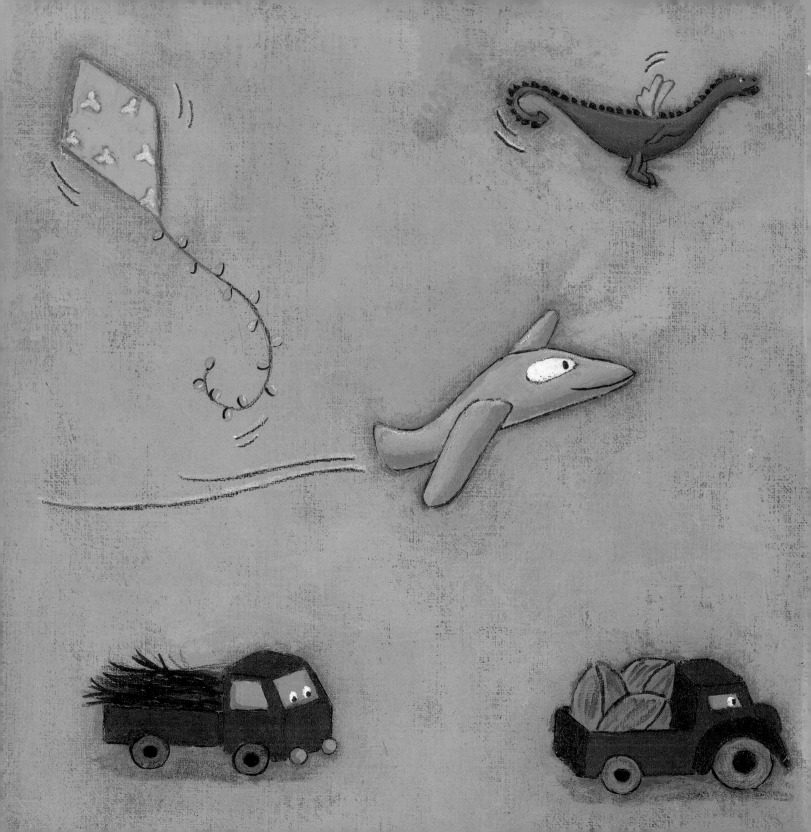